AF359431

LA REINE DES PÉRIS

COMEDIE PERSANE,

REPRESENTÉE POUR LA PREMIERE FOIS
par l'Académie Royale de Musique le Mardy dixiéme
Avril 1725.

Le prix est de quarante sols.

A PARIS,

Chez la veuve de PIERRE RIBOU, seul Libraire de
l'Académie Royale de Musique ; Quay des Augustins,
à la descente du Pont-Neuf, à l'Image S. Loüis.

M. DCC. XXV.
Avec Approbation & Privilege du Roy.

PRIVILEGE DU ROY.

LOUIS par la grace de Dieu Roi de France & de Navarre : A nos amés & feaux Conseillers les gens tenant nos Cours de Parlement, Maîtres des Requêtes ordinaires de notre Hôtel, Grand Conseil, Prevôt de Paris, Baillifs, Senechaux, leurs Lieutenans Civils, & autres nos Justiciers qu'il appartiendra, Salut. Les Sieurs Besnier Avocat en Parlement, Chomat, Duchesne, & de la Val de S. Pont, Bourgeois de notre bonne ville de Paris, Nous ont fait remontrer, qu'en consequence de l'Arrêt de notre Conseil du 12. Decembre 1712. du Traité fait entre eux & les Sieurs de Francine & Dumont le 24. desd. mois & an, & de nos Lettres Patentes du 8. Janvier ensuivant, confirmatives du Traité, ils auroient acquis le Privilege de faire representer les Opera durant le tems de vingt années, à compter du 10. Aout 1712. ainsi que le Privilege de la vente des Paroles desd. Opera, lesquelles ils desireroient faire imprimer pour les donner au Public, s'il Nous plaisoit leur accorder nos Lettres de Privilege sur ce necessaires. A CES CAUSES desirant favorablement traiter les Exposans, attendu les charges dont l'Académie Royale de Musique se trouve oberée, & les grandes dépenses qu'il convient de faire tant pour l'impression que pour la gravûre en taille-douce des Planches dont ce Livre sera ornés, Nous leur avons permis & permettons par ces Presentes de faire imprimer & graver les Paroles & la Musique de tous lesd. Opera, qui ont été ou qui seront representez par d'Académie Royale de Musique, tant separément que conjointement, en telle forme, marge, caractere, nombre de volumes & de fois que bon leur semblera, & de les faire vendre & debiter par tout notre Royaume pendant le tems de dix neuf années consecutives, à compter du jour de la date desdites Presentes. Faisons défenses à toutes personnes, de quelque qualité & condition qu'elles puissent être, d'en introduire d'impression étrangere cins aucun lieu de notre obéïssance, & à tous Imprimeurs, Libraires, Graveurs, & autres, d'aimprimer, faire imprimer, vendre, faire vendre, debiter, ni contrefaire lesdites impressions, planches & figures, en tout ni en partie, sans la permission expresse & par écrit desdits Sieurs Exposans, ou de ceux qui auront droit d'eux, à peine de confiscation des Exemplaires contrefaits, de six mille liv. d'amende contre chacun des contrevenans, dont un tiers à Nous, un tiers à l'Hôtel-Dieu de Paris, l'autre tiers ausdits Sieurs Exposans, & de tous dépens, dommages & interêts, à la charge que ces Presentes seront enregistrées tout au long sur le Registre de la Communauté des Imprimeurs & Libraires de Paris, & ce dans trois mois de la date d'icelles; que la gravûre & impression desdits Opera sera faite dans notre Royaume & non ailleurs, en bon papier & en beaux caracteres, conformement aux Reglemens de la Librairie, & qu'avant de les exposer en vente il en sera mis deux Exemplaires dans notre Bibliotheque publique, un dans celle de notre Château du Louvre, & l'autre dans celle de notre tres-cher & feal Chevalier Chancelier de France le Sieur Phelypeaux, Comte de Pontchartrain, Commandeur de nos Ordres, le tout à peine de nullité des Presentes, du contenu desquelles vous mandons & enjoignons de faire joüir lesd. Sieurs Exposans, ou leurs ayant cause, pleinement & paisiblement, sans souffrir qu'il leur soit fait aucun trouble ou empêchement. Voulons que la copie desdites Presentes, qui sera imprimée au commencement ou à la fin desd. Opera, soit tenuë pour dûëment signifiée, & qu'aux copies collationnées par l'un de nos amés & feaux Conseillers & Secretaires foi soit ajoûtée comme à l'Original. Commandons au premier notre Huissier ou Sergent de faire pour l'execution d'icelles tous Actes requis & necessaires, sans demander autre permission, & nonobstant Clameur de Haro, Charte Normande & Lettres à ce contraires : Car tel est notre plaisir. Donné à Versailles le 20. jour d'Aou l'an de Grace 1713 & de notre Regne le soixante-onziéme. Par le Roi en son Conseil signé BESNIER avec paraphe, & scellé.

Nous n'avons cedé à M. Ribou le present Privilege suivant le Traité fait avec lui le 17 Juillet dernier 1713. A Paris le 22. Aout 1713. Signé BESNIER.

Registré sur le Registre avec la Cession, n. 3. de la Communauté des Libraires & Imprimeurt de Paris, page 648. n. 741. conformement aux Reglemens, & notamment à l'Arrêt du 3. Aoûs. 1703. Fait à Paris ce 11. Septembre 1713. L. JOSSE, Syndic.

AVERTISSEMENT.

LE Public jugera par l'essai qu'on lui presente aujourd'hui, si le Systême fabuleux des Orientaux merite d'occuper nos Theâtres autant que la Mythologie Grecque & Romaine. On a crû que les merveilles des Péris & des Dives pouvoient succeder aux miracles des Dieux de l'Antiquité, & aux prodiges des Enchanteurs & des Fées de la Chevalerie errante.

Les Péris sont les Génies favorables, celebrés dans les Romans Turcs & Persans, & les deux Sexes partagent ces Génies; leur bonté égale leur beauté. *Ce qui est certain*, dit le sçavant M. d'Herbelot dans sa Bibliotheque Orientale; *c'est que les Péris ne font point de mal, & qu'ils surpassent en beauté toutes les autres creatures de leur espece.* Un témoignage aussi authentique fonde le caractere de la Reine du Ginnistan, retraite des Péris.

Les Génies appellés *Dives* par les Persans, & *Ginnes* par les Arabes, font des Démons connus chez les Peuples d'Orient, & font chassés par l'odeur délicieuse des Parfums, nourriture ordinaire des Péris.

Ces Acteurs étrangers introduits sur le Theâtre Lyrique, y ameneront peut-être la varieté qui lui est si necessaire: On n'ose pourtant compter témerairement sur les suffrages que l'esprit humain ne refuse gueres à la nouveauté.

ACTEURS DU PROLOGUE.

AMPHITRITE.,   Mademoiselle Lambert.
L'EUPHRATE,   Monsieur Tribou.
LA SEINE,   Mademoiselle Dun.
UNE FONTAINE,   Mademoiselle Souris-L.
Fleuves.
Fontaines.

ACTEURS DANSANS DU PROLOGUE.

Suite de Neptune.

Monsieur Laval.
Messieurs Dangeville, Lamotte, Pieret, Tabary.
Mademoiselle Menés.
Mesdemoiselles Duval, Rey, Lemaire, Thybert.

Noms des Acteurs & des Actrices chantans dans tous les Chœurs du Prologue & de la Comedie.

CÔTE' DU ROY.	CÔTE' DE LA REINE.
Messieurs	*Messieurs*
Bremond.	Corbie.
Flamand.	Le Mire-L.
Saint Martin.	Morand.
Bertin.	Dautrep.
Deshais.	Corail.
Buzeau.	Duchesne.
Duplessis.	Houbeau.
Mesdemoiselles	*Mesdemoiselles*
Constance.	Milon.
Souris L.	La Roche.
Souris-C.	Tettelette.
Dun.	Charlard.
Dutilli.	Perignon.
Montaux.	Du Coudray

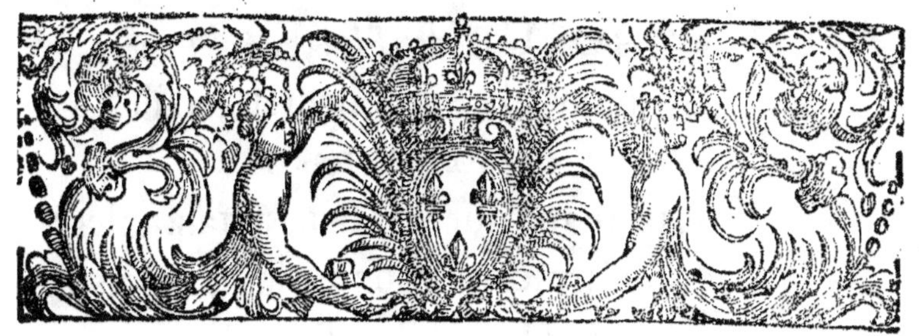

PROLOGUE.

Le Theatre represente le Palais de Neptune.

AMPHITRITE.

Fleuves, dans ce Palais du puissant Dieu de
l'Onde,
Accourés, traversés le vaste sein des Mers.
Joüissés de la paix profonde.
Qui calme l'Univers.

*Les Fleuves, Ruisseaux & Fontaines se rassemblent dans
le Palais de Neptune.*

Chantés dans ces heureux aziles,
Celebrés le repos
Qui regne sur vos bords tranquiles ;
Mars desarmé ne rougit plus vos flots.

a iij

PROLOGUE.

CHOEUR *des Fleuves de l'Europe.*

Chantons dans ces heureux aziles,
Celebrons le repos
Qui regne fur nos bords tranquiles;
Mars defarmé ne rougit plus nos flots.

L'EUPHRATE.

La guerre & fes cruels ravages
Defolent encor mes rivages;
Ces rivages fameux où l'on vit autrefois
Le Trône du plus grand des Rois.....

LA SEINE.

Euphrate, croyés-vous que la Seine vous cede?
Penfés-vous effacer le rang que je poffede?
Si le nom d'Alexandre honore vos Climats;
Si jamais ce Heros ne trouva la Victoire
Laffe de voler fur fes pas,
La Seine ne peut-elle pas
Citer auffi des noms couronnés par la gloire?

A DEUX.

Non, ceffés de me difputer
Un prix que je dois remporter:
Mes flots coulent fur les rivages
Eclairés par les plus beaux jours:
Ils arrofent les boccages
Les plus cheris des Amours.

L'EUPHRATE.

On dit que vos Amans ignorent la puiffance
Et les plaifirs de la Conftance.

PROLOGUE.

LA SEINE.

Et les vôtres sans cesse, absolus dans leurs choix
Ignorent de l'Amour les plus charmantes Loix.

Tyran de l'objet qu'il adore
L'Amant dans vos Climats ne suit que ses desirs :
L'Amour dans vos Climats commande aux doux
plaisirs,
Et dans les miens il les implore.

AMPHITRITE.

Terminés des discours qui suspendent vos Jeux.
Euphrate, si vos bords connoissent la tendresse,
Qu'aux rives de la Seine un spectacle pompeux
Prouve que la délicatesse
A quelquefois de vos Amans
Fait les plaisirs & les tourmens.

Amour, vous triomphés de tout ce qui respire ;
Mais sans gêner les cœurs soumis par vos exploits :
Vous étendés trop loin votre charmant Empire,
Pour qu'il puisse en tous lieux avoir les mêmes Loix.

On danse.

UNE NAYADE.

Les plaisirs, claires Fontaines,
De vos bords chassent les peines.

PROLOGUE.
Les plaisirs, claires Fontaines,
De vos eaux suivent le cours.

Que d'Amans sous les ombrages
Que font naître vos rivages
Trouvent souvent du secours !

Ondes pures,
Vos murmures
Ne troublent point leurs beaux jours.

Ondes pures,
Vos murmures
N'appellent que les Amours.

On danse.

CHOEUR.
Chantons dans ces heureux aziles,
Celebrons le repos
Qui regne sur nos bords tranquiles,
Mars desarmé ne rougit plus nos flots.

Fin du Prologue.

ACTEURS

ACTEURS DANSANS
DE LA COMEDIE.

ACTE PREMIER.

FESTE MARINE.

Messieurs F. Dumoulin, P. Dumoulin, Laval, Maltaire-C.
Mademoiselle Prevost.
Mlles La Feriere, Thybert, Delisle C., Binet.

ACTE II.

CHASSEURRS INDIENS.

Monsieur D. Dumoulin.
Mrs Dumoulin-L., F. Dumoulin, Myon, P. Dumoulin,
Dangeville, Maltaire.

ACTE III.

BERGERS ET BERGERES.

Mrs Dumoulin-L., Pieret, Dangeville, Duval, Lamotte,
Maltaire-L.
Mrs F. Dumoulin, P. Dumoulin.
Mlles Menés, Delisle-L.

Mlles Duval, Lemaire, La Feriere, Pety, Thybert, Binet.

ACTE IV.

L'INCONSTANCE ET SA SUITE.

Mademoiselle Prevost.
ZEPHIRE, Mr. D. Dumoulin.
Mrs Laval, Myon, Maltaire-C.
Mlles Rey, Petit, Binet.

ACTE V.

SUITE DE LA REINE DES PERIS.

Mlles Delisle-L., Rey, La Feriere, Petit, Delisle-C., Binet.

ARABES.

Monsieur Blondy.
Mrs Dumoulin-L., Myon, Maltaire-L., Duval, Javilliers, Pieret.
Messieurs Laval, Maltaire-C.

ACTEURS CHANTANS
DE LA COMEDIE.

LA REINE DES PER'IS,   Mlle. Antier.

SELINA PERI,   Mlle. Ermance.

FATIME, *Princesse de Syrie*,   Mlle. Lambert.

NOUREDIN, *Calife du Caire*,   Mr. Thevenard.

ALI, *Prince Arabe*,   Mr. Muraire.

Le Chef des Matelots,   Mr. Dun.

Une Matelote,   Mlle Minier.

Chasseurs Indiens.

Une Chasseuse,   Mlle Minier.

Bergers & Bergeres.

Une Bergere,   Mlle Minier.

Genies Sujets de la Reine des Péris.

Une Péri,   Mlle Dun.

Inconstans de diverses Nations.

Péris.

Dives.

Arabes, Japonois, & Chinois.

La Scene est dans le Ginnistan, Pays des Péris.

LA

LA REINE
DES PÉRIS,
COMEDIE PERSANE.

ACTE PREMIER.

Le Théatre représente un Bois percé en allées, & la Mer dans l'éloignement.

SCENE PREMIERE.

LA REINE DES PERIS, SELINA PERI.

SELINA.

QUEL charme vous retient dans ce Bois écarté ?
Vous ne joüisses pas de sa tranquillité :
Vous soûpires ! quelle est donc votre peine ?
Songés que des Péris vous êtes Souveraine ;

A

La Nature soumise obéït à vos loix ;
Tous vos vœux sont formés & remplis à la fois...

LA REINE.

Helas ! il est des vœux que mon pouvoir immense
        Ne sçauroit jamais combler !

SELINA.

        L'amour seul peut vous troubler ?
Vous ne répondés rien.... J'entends votre silence.

LA REINE.

Apprens donc mon secret, puisque tu l'as surpris,
        Et cache ma honte aux Péris.
Un jour en traversant les airs sur un nuage,
        J'apperçus un Mortel charmant ;
Mon cœur d'abord frapé conserva son Image,
Ma raison a voulu l'effacer vainement :
J'ai pourtant arrêté mes feux dès leur naissance,
J'ai fui ce cher objet..... Inutile prudence !
        Le sort complice de l'Amour,
A mes yeux malgré moi vient l'offrir en ce jour.

SELINA.

Pourquoi craignez-vous tant une si douce chaine ?

LA REINE *rêvant.*

Sélina, je l'ai vû sur la rive prochaine
J'ai senti les transports d'une ardeur qui renaît.

appercevant Nouredin.

Il vient. . . . Fuyons. . . . Helas ! ma reſiſtance eſt
vaine !

Ah ! l'on fuit toujours mal, lorſqu'on fuit ce qui plaît.

SCENE II.

LA REINE DES PERIS, SELINA PERI, NOUREDIN *Calife d'Egypte*, ALI *Prince Arabe.*

NOUREDIN *à Ali ſans voir la Reine.*

TAndis que par mon ordre on prend ſoin de
connoître
Dans quels climats les vents ont jetté nos vaiſſeaux,
Allons, mon cher Ali. . . . .

ALI *appercevant la Reine & Sélina.*

Ciel ! que vois-je paroître !
Quels objets brillans & nouveaux !

LA REINE *à part à Sélina.*

Aprenons leur deſtin.

SELINA *à Ali.*

Quel ſort ici vous guide ?

A ij

A L I.

L'heureuse trahison d'un Element perfide.
Nos vaisseaux ont tenté des efforts impuissans,
Les vents nous ont contraint d'aborder ce rivage :
J'accusois de rigueur leur empire volage,
Depuis que je vous vois, que je leur dois d'encens !

LA REINE *à Nouredin.*

Et vous, qui peut causer le mal qui vous accable ?
Vous êtes sur des bords soumis à mon pouvoir....

NOUREDIN.

Excusés la douleur que je vous laisse voir....

LA REINE.

Expliquez-vous ici : tout vous est favorable.

NOUREDIN * *présentant Ali à la Reine.*

Je suis un Amant malheureux,
Suivi d'un Prince * généreux
Qui veut bien partager mon destin déplorable.
Je regne dans ces champs si beaux
Que le Nil enrichit de ses fertiles eaux :
Là je coulois mes jours dans une paix chérie,
Lorsque la Rénommée annonça les attraits
De la Princesse de Syrie :
Je pars, je cours, je vole & m'expose à ses traits,
Je sentirai leurs coups le reste de ma vie.

LA REINE *interdite*.

Pour allumer des feux conſtans
Il faut réünir bien des charmes....

NOUREDIN.

Fatime a ſur ſon teint la fraicheur du Printems,
Pour ſoumettre les cœurs, quelles puiſſantes armes!

Lorſqu'un aimable objet commence ſes beaux jours
Peut-on à ſes appas refuſer ſa tendreſſe ?
L'éclat charmant de la jeuneſſe
Eſt le trait le plus ſûr que lancent les Amours.

LA REINE *inquiete*.

Vous avez ſçû charmer cette jeune Princeſſe ?

NOUREDIN.

Mes yeux ſeuls ont oſé parler de mon ardeur,
Je ne ſçai pas encor s'ils ſe ſont fait entendre :
Dans l'inſtant où j'allois n'écoutant que mon cœur
Déclarer l'amour le plus tendre,
La Princeſſe rêvoit dans un Bois écarté,
Lorſqu'une nuit ſubite a banni la clarté :
Les Elemens confus ſe ſont livré la guerre ;
Pendant ces funeſtes combats,
Eclairés ſeulement par les feux du tonnerre,
J'ai perdu ma Princeſſe ; helas !
Les Cieux ont enlevé l'ornement de la terre.

LA REINE.

Fatime n'eſt donc plus?

NOUREDIN.

Depuis ce jour affreux
On n'a pu découvrir ſon deſtin malheureux.
Le déſeſpoir qui me dévore
Dans cent climats divers m'entraîne vainement:
Je n'y retrouve pas la beauté que j'adore
Mes ſoins toujours trahis augmentent mon tourment.

LA REINE, SELINA & ALI.

Vous'n'avez plus d'eſperance,
Dequoi vous ſert la conſtance?

* * *

SCENE III.

LA REINE DES PERIS, SELINA PE'RI, NOUREDIN *Calife d'Eypte*, **ALI** *Prince Arabe*, **LE CHEF** *des Matelots de Nouredin*.

LA REINE.

On vient. Cachons le feu dont je me ſens brûler.

NOUREDIN *à la Reine lui montrant le Chef*
de ses Matelots.

Reine, permettés-vous qu'il rompe le silence ?

LA REINE *avec dépit.*

Il vous peut devant moi déclarer ce qu'il pense
Et vous n'avez plus rien à me dissimuler.
    bas à Selina.
Toi, fais que tout ici s'aplique à lui celer
Quel est l'empire heureux soûmis à ma puissance.

LE CHEF *des Matelots à Nouredin.*

Nous avons parcouru ces bords délicieux
Sans pouvoir découvrir le nom de ces beaux lieux.
Les Prez y sont couverts de mille fleurs écloses
        Qui de nos plus brillantes roses
        Effacent l'éclat gracieux,
        Et les bois sous de frais ombrages
Rassemblent mille oiseaux inconnus à nos yeux ;
Non, de nos Rossignols les chants mélodieux
        N'égalent point leurs doux ramages.

NOUREDIN *surpris.*

Quel est donc ce charmant séjour ?

SELINA

Il dépendra de vous d'y trouver le remede
        De la douleur qui vous possede.

ALI *la regardant tendrement.*

Non, l'on est mal ici pour guerir de l'amour.

LA REINE *à Nouredin.*

Prince, brisés les fers d'un funeste esclavage
Pourquoi chercher un Bien qu'on ne peut obtenir !

NOUREDIN.

Ah ! je serois déja volage
Si je pouvois le devenir.

LA REINE & NOUREDIN.

Prince, brisés les fers d'un funeste
Non, non, je ne puis rompre un charmant ⎰ esclavage

Pourquoi chercher un bien qu'on ⎰ ne peut ⎰ obtenir
craindroit d' ⎱

Il est aisé d'être ⎰ volage,
Ah ! je serois déja ⎱
Ne pouvez-vous ⎰ le devenir.
Si je pouvois ⎱

NOUREDIN.

Ne me proposés pas une chaîne nouvelle ;
Jamais je n'oublirai l'objet de mon ardeur :
Quels appas lui pourroient un jour ôter mon cœur ?
Je vous vois & je suis fidele.

SCENE IV.

SCENE IV.

LA REINE DES PERIS, SELINA
PERI, NOUREDIN *Calife d'Egypte,*
ALI *Prince Arabe,* LE CHEF *des Matelots,*
Matelots.

On entend un Prélude.

LE CHEF *des Matelots à Nouredin.*

Vos Matelots charmés avancent dans ces lieux,
Leurs transports vont bientôt éclater à vos
yeux,

LA REINE.

De leurs plaisirs nouveaux écoutons le langage.

Pendant la Fête Marine, la Reine va s'asseoir sur un gazon
avec Nouredin, & Sélina avec Ali.

GRAND CHOEUR *des Matelots.*

Grondés Aquilons furieux,
Menacés la Terre & les Cieux,
Nous ne craignons plus votre rage.

PETIT CHOEUR.

Sur ces bords fortunés où regne un doux repos,
Nos jours sont à l'abri de la fureur des flots,
Et nos cœurs seulement peuvent faire naufrage.

B

On danſe.

UNE MATELOTTE.

Un orage
Cauſé par l'amour
Plaît ſouvent davantage
Que le plus beau jour.
Rien n'arrête
Un cœur bien épris
Lorſqu'il ſurprend dans la tempête
Un doux ſouris.
Il arrive
Content ſur la Rive :
Le plus triſte ſort
S'oublie au Port.

On danſe.

LA MATELOTTE.

La jeuneſſe
Fait bien de riſquer,
Mais jamais la vieilleſſe
Ne doit s'embarquer.
Le vent gronde,
Malgré ſa fureur,
On voit toujours floter ſur l'onde
Un jeune cœur.
Mais quand l'âge
S'oppoſe au voyage,

L'Amour nous trahit,
   Le port nous fuit.

Après le divertissement Nouredin donne la main à la Reine,
      & Ali à Sélina.

LA REINE *à Nouredin en partant.*

Ne quittés pas sitôt ce rivage tranquile,
   Les Plaisirs soumis à mes loix
   Vous suivront tous dans cette azile :
   Votre cœur en fera le choix.

Fin du premier Acte.

ACTE II.

*Le Théâtre repréſente les Jardins du Palais de la Reine
des Péris.*

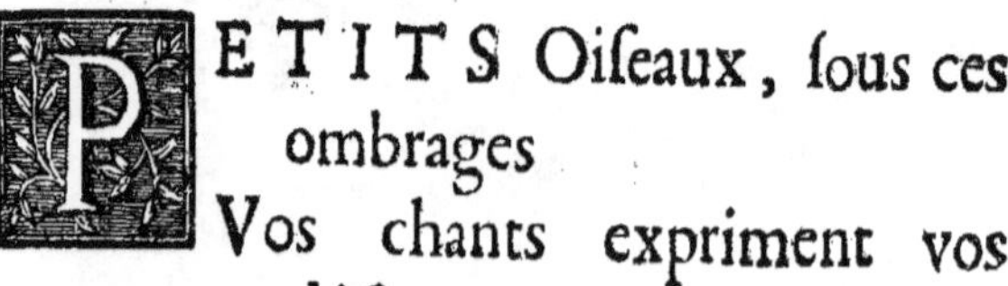

SCENE PREMIERE.

LA REINE *des Peris ſeule.*

PETITS Oiſeaux, ſous ces ombrages
Vos chants expriment vos déſirs:
Je reconnois dans vos ramages
L'ardeur de mes tendres ſoupirs.

SCENE II.

LA REINE DES PERIS, SELINA PERI.

On entend un bruit de chasse.

LA REINE.

Quel bruit de cet azile interompt le repos?
Le Cor éveille les Echos!

SELINA.

Le Sultan va goûter les plaisirs de la chasse….

LA REINE.

Quoi! ce Prince occupé de ses tendres regrets
S'amuse à triompher des monstres des forêts…
Non, non, c'est moi qui l'embarasse…

SELINA.

De ses plaisirs tantôt vous lui laissiés le choix…

LA REINE.

Et c'est ce choix qui fait mon désespoir extrême!
Le Sultan me fuit, je le vois;
Il ne va chercher dans les bois
Que le tems de rêver à la beauté qu'il aime.

B iij

SELINA.

Votre immortalité servira votre ardeur ;
Calmés vos injustes allarmes,
Le tems ne peut changer vos charmes
Mais d'un ingrat il peut changer le cœur.

LA REINE.

Non, sa fidelité me défend l'esperance....

SELINA.

L'Amour ne vous la défend pas.

LA REINE.

Déguisons-lui toujours quelle Reine il offense ;
S'il connoissoit mon sort, helas !
J'aurois trop à rougir de son indifférence.

Appercevant Ali.

Mais ce Prince ne veut ici que ta présence ;
Ses feux ont éclaté, souffre son entretien ;
Va, parle à ton Amant, je vais penser au
mien.

SCENE III.

SELINA PERI, ALI *en équipage de Chaſſeur.*

SELINA.

LA chaſſe dans ces lieux n'a pas dû vous con-
   duire,
C'eſt trop vous égarer....

ALI.

Ecoutés un moment :
Je ſçaurai vous inſtruire
De mon égarement.
Vainement le plaiſir m'appelle
Dans des lieux où vous n'êtes pas :
A ſa voix je ne ſuis fidele
Que quand il vole ſur vos pas.
Vainement le plaiſir m'appelle
Dans des lieux où vous n'êtes pas.

SELINA.

Prince, de cette ardeur que faut-il que je penſe ?
Eh ! comment oſés-vous ſoupirer ſous mes loix ?
Vous ignorés mon nom, mon rang & ma naiſ-
   ſance....

A L I.

Ah ! je sçai tout quand je vous vois.

Je sçai qu'à vos beaux yeux on doit un juste hommage,

Et qu'un cœur à leurs traits resiste vainement ;

Pour aimer un objet charmant

En faut-il sçavoir davantage ?

Voudrés-vous partager la chaîne qui m'engage ?..

Parlés. … Vous vous taisés. … Blamés-vous mes
discours ?

S E L I N A.

Quand vous les redirés, ils me plairont toujours.

A L I.

Que vous flattés mes vœux ! quoi ! j'aurois l'avan-
tage. . . .

On entend un bruit de chasse.

S E L I N A.

Prince, suivés la chasse.

A L I.

Ah ! que m'ordonnés-vous ?

S E L I N A.

Seule, dans ces Jardins j'accompagne la Reine,
Elle paroît : allés.

A L I *à part en s'en allant.*

Quel destin la ramene
Pour troubler un instant si doux ?

SCENE IV.

SCENE IV.

LA REINE DES PERIS, SELINA PERI.

SELINA à la Reine qui revient en révant avec un air satisfait.

Vo trouvés des douceurs dans votre réverie ?

LA REINE.

De la Princesse de Syrie
Je crois que le trépas a terminé les jours ;
L'espoir vient de promettre à mon ame attendrie
Que des pleurs du Sultan j'arrêterai le cours :
Il ne reverra plus les attraits qui l'enchantent....

On voit paroître dans les airs un Trône de fleurs où la Princesse de Syrie est couchée & pâmée. Ce Trône est porté par des Genies soumis à la Reine des Péris.

SELINA appercevant Fatime.

Que de fleurs ! que d'appas à nos yeux se présentent !

SCENE III.

LA REINE DES PERIS, SELINA PERI, FATIME *Princeſſe de Syrie*, GENIES. *Le Trône deſcend avec Fatime pâmée.*

UN GENIE.

Un Dive redouté
Enlevoit dans les airs cette jeune Beauté :
    Nous la ſauvons ſans la connoître,
Et nous vous l'amenons ſur ce Trône de fleurs.
    Les charmes qu'elle fait paroître,
Tous languiſſans qu'ils ſont, condamnent ſes mal-
heurs.
A cet aimable objet rendés un ſort tranquile ;
    Que par vous il ſoit ranimé.
Dans votre Empire heureux le mérite opprimé
    Trouva toujours un ſûr azile.

LA REINE *regardant Fatime pâmée.*
Que ſes maux me ſemblent preſſans !

aux Genies.

J'aprouve votre zéle & je prens ſa défenſe :
Laiſſés-nous. Rendons-lui l'uſage de ſes ſens.

Les Genies & le Trône s'envolent.

Elle touche Fatime de sa baguette & dissipe son évanoüis-
sement.

FATIME *ouvrant les yeux.*

Ou suis-je ?

LA REINE.

Dans un lieu propice à l'Innocence,
Suspendés, calmés vos douleurs :
Vous n'êtes plus sous la puissance
Du Tyran qui cause vos pleurs.

FATIME *encore allarmée.*

Contre un Genie épouventable
Me pourrés-vous ici garder en sûreté ?

LA REINE.

Par un serment inviolable
Je vous promets qu'un appui favorable
Conservera vos jours & votre liberté.
Parlés : apprenés-nous pour qui je m'interesse...

FATIME.

Vous protegés une jeune Princesse.

Je me promenois seule un jour,
Dans un agréable bocage,
Lorsqu'un Genie affreux se montrant sous l'ombrage
M'inspira de l'horreur en m'offrant son amour :
Je refusai ses vœux, aussitôt le Tonnerre
        Fit trembler les Cieux & la Terre ;
Je ne me trouvai plus dans le même séjour.

LA REINE *bas à Sélina.*

Quel funeste soupçon m'accable !
Je tremble.

à Fatime.

Poursuivés.

FATIME.

                Le Genie implacable
Me retenoit déja dans un antre écarté
Où ses soupirs en vain combattoient ma fierté :
Enfin las de souffrir ma haine inexorable,
Le Barbare vouloit redoubler mon malheur,
J'ignore quel secours s'oppose à la fureur
        De ce Tyran impitoyable.

LA REINE *bas à Sélina.*

Je n'ose plus l'interroger
Et je crains de sçavoir son nom & sa Patrie ;

FATIME *à la Reine.*

Eh ! quel trouble subit paroît vous affliger ?
Vous repentiriés-vous déja de proteger
La Fille du Sultan , Maître de la Syrie ?

LA REINE *à part.*

Qu'entends-je ? quel serment ai-je fait aujourd'hui !
Trop aveugle pitié ! promesse trop fatale !
Ah ! c'est à ma Rivale
Que je dois mon appui !

à Fatime fiérement.

Allés , je vous accorde une sûre retraite,
Vous serez dans ces lieux plus heureuse que moi.

FATIME *à part en se retirant.*

Quel chagrin la saisit? son trouble m'inquiéte !
Et sa promesse même inspire de l'effroi.

SCENE VI.

LA REINE DES PERIS, SELINA PERI.

LA REINE.

Que je reſſens de funeſtes allarmes !
L'ingrat que j'aime ; hélas ! va donc revoir les charmes
De l'objet qui m'ôte ſon cœur !
Et c'eſt à moi qu'il devra ſon bonheur !
Il va lui découvrir un amour qu'elle ignore…
J'arrache ſa Princeſſe aux vœux de ſon Rival…
Mon ſuprême pouvoir pour moi ſeule eſt fatale !
A mon cruel deſtin que manque-t'il encore ?

SCENE VII.

LA REINE DES PERIS, SELINA
PERI, ALI, *Chaßeurs portans des hures.*

ALI *à la Reine.*

DEs monstres des forêts nous revenons vain-
    queurs ,
Du succès de nos coups , du zéle de nos cœurs
    Nous venons vous offrir l'hommage…

LA REINE.

Où donc est le Sultan ? son absence m'outrage.
    Méprise-t'il de semblables exploits ?

ALI.

Le plaisir de réver l'arrête sous l'ombrage ,
Un Amant malheureux peut-il quitter les bois ?

LA REINE *à Ali.*

Sélina va pour présider à la Fête.

    à part.

Voyons quels nouveaux coups le sort cruel m'ap-
    prête.
Allons chercher l'ingrat qui me fait éprouver
De cent transports divers la discorde fatale :
Je crains qu'il n'ait déja rencontré ma Rivale ,
Deux Amans ne sont pas long-tems à se trouver.

SCENE VIII.

SELINA PERI, ALI *Prince Arabe*
Chasseurs.

MARCHE.

CHOEUR *des Chasseurs.*

DAns les Bois d'alentour que la chasse est
      charmante !
Célebrons un plaisir qui toujours nous enchante;
      Que le Cor seconde nos vœux,
Ainsi que nos travaux il doit regler nos jeux.

On danse.

ALI.

      Beauté qui veut se défendre
Fuit en vain un Amant par plus d'un détour.
      On sçait toujours la surprendre
      C'est une chasse que l'amour.
      Lorsqu'un objet sçait plaire,
A ses soins constans peut-on se dérober ?
      Dans les filets d'un cœur sincere,
Heureux, trop heureux qui peut tomber.

On danse.

On danse.

UNE CHASSEUSE.

D'où vient qu'on s'embaraſſe
De fuir l'Amour & ſes traits ſi doux ?
Les plaiſirs de ſa Chaſſe
Ne ſont faits que pour nous.

Loin d'éviter ſa trace,
Quand il vous ſuit, attendez tendres cœurs;
Raſſurez-vous, goûtez ſes faveurs,
Livrez-vous à ſes coups vainqueurs.

D'où vient qu'on s'embaraſſe
De fuir l'Amour & ſes traits ſi doux?
Les plaiſirs de ſa Chaſſe
Ne ſont faits que pour nous.

Fin du ſecond Acte.

D

ACTE III.

Le Théâtre repréſente au fonds le Palais de la Reine des Péris, dans un goût oriental, & ſur le devant un bois de Palmiers arroſé de ruiſſeaux.

SCENE PREMIERE.

FATIME ſeule.

RUISSEAUX qui coulés ſous l'ombrage,
Non, ce n'eſt pas pour moi que naiſlent tant de fleurs !
    Je ne viens ſur votre rivage
    Que pour y répandre des pleurs.
    Ruiſſeaux qui coulés ſous l'ombrage,
Non, ce n'eſt pas pour moi que naiſlent tant de fleurs !

On vient : éloignons-nous & cachons nos douleurs.

SCENE II.

LA REINE DES PERIS, SELINA PERI.

LA REINE appercevant Fatime.

C,Est elle ! vangeons-nous. . . . Eh ! que prétends-
je faire ?
Trop heureuse Rivale, hélas !
Faut-il que mon pouvoir défende tes appas ?
Faut-il que mon serment arrête ma colere ?

SELINA.

Le couroux des Péris n'est jamais dangereux :
Le crime seulement doit craindre leur vangeance,
Et c'est pour faire des heureux
Que nous avons notre puissance.

LA REINE rêvant avec agitation.

Non, je ne prétends pas servir leurs tendres feux...
Puisqu'ils me font souffrir, qu'ils souffrent tous les
deux ;
L'Amour jaloux m'inspire un artifice
Contre l'ingrat qui méprise mes vœux ;
Des tourmens de mon cœur que le sien le punisse,
Les supplices du cœur sont les plus rigoureux.

D ij

SELINA.

Le Sultan ne sçait pas encore
Le feu qui vous dévore ;
Que ne l'expliquez-vous ?

LA REINE.

Il doit le deviner.
L'Amour n'a-t'il donc qu'un langage….
Mais hâtons-nous de terminer
Ce qui doit vanger mon outrage.

Elle fait des figures cabalistiques qui donnent à Fatime
absente la ressemblance de Sélina.

Fatime en ce moment n'est plus que ton image,
L'ingrat, en la voyant, croira ne voir que toi ;
Avec soin il fuira la Beauté qui l'engage…..
Il fuit tout ce qui vient de moi.

SELINA *appercevant Fatime qui approche en rêvant sans les voir.*

Elle vient. C'est toujours Fatime que je voi.

LA REINE.

Je n'ai pas prétendu te déguiser ses charmes,
Elle n'aura tes traits qu'aux yeux de son Amant
Et du fidele Confident
De ses soupirs & de ses larmes.
Elle approche : sortons. J'oublirois mon serment.

SCENE III.

FATIME *paroissant Sélina*, NOUREDIN *Calife d'Egypte.*

FATIME *paroissant Sélina.*

SUr ces bords inconnus, hélas! rien ne m'éclaire.

appercevant Nouredin qui se promene sans la voir.

Mais, ô Ciel! je le vois! c'est ce Prince charmant
Qui paroissoit me suivre à la Cour de mon pere!
Quel bonheur près de moi l'amene en ce moment?
Ses yeux dans nos Climats sembloient me rendre
   hommage,
Et parler d'une ardeur qu'ils n'osoient déclarer;
     Sa rencontre va m'assurer
Si j'ai bien entendu leur aimable langage.

NOUREDIN *sans la voir.*
    Que je suis malheureux, helas!
On tente de briser la chaîne qui m'engage,
Des regards curieux suivent par tout mes pas;
On m'observera moins si l'on me croit volage....
Oüi, feignons d'oublier Fatime & ses appas.
La Reine... Mais je vois ici sa Confidente,
Affectons la froideur d'une ame indifferente.
              D iij

FATIME *paroissant Sélina, à part.*

Quoi ne me reconnoît-il pas ?

à Nouredin.

Vous ne pensés donc plus à la Cour de Syrie !

NOUREDIN.

Ce qu'offre à mes regards cette rive fleurie
N'a-t'il pas dequoi m'occuper ?

FATIME *paroissant Sélina.*

Quel trait dans ces Climats a donc sçu vous fraper ?

NOUREDIN.

Vous croyés, je le vois, que les bords de l'Euphrate
Possedent tout ce qui me flâte ?

FATIME *paroissant Sélina, à part.*

Je tremble ! quel secret lui va-t'il échaper ?

NOUREDIN.

Vous croyés qu'une ardeur constante
M'arrache des soupirs secrets ?
Eh ! qui pourroit fermer mes yeux aux doux attraits
Que ce rivage me présente ?

FATIME *paroissant Sélina, à part.*

Va-t'il me déclarer ses feux ?
L'esperance revient & rassure mes vœux.

NOUREDIN.

La conſtance nous offre une ennuyeuſe gloire,
Le plus doux ſouvenir ne ſert qu'à nous troubler :
Des plus beaux yeux abſens banniſſons la mémoire,
  Et cédons toujours la victoire
  A ceux que nous voyons briller.

FATIME *paroiſſant Sélina, à part.*

Quels ſentimens, l'ingrat vient de me reveler !

NOUREDIN.

Il eſt vrai que Fatime étoit la Souveraine
  Qui donnoit des loix à mon cœur....

FATIME *paroiſſant Sélina.*

Ah ! vous ne l'aimés plus, & vous aimés la Reine,
  Et vous m'avoüés cette ardeur !

NOUREDIN.

A qui pouvois-je mieux en faire confidence ?

à part.

Mais ma feinte me cauſe une affreuſe douleur ;
Fuyons : je ne puis plus ſouffrir ſa violence.

SCENE IV.

FATIME *paroissant Sélina, seule.*

L'Ai-je bien entendu ? quoi ! le premier discours
Que le perfide ose me faire,
M'apprend ses nouvelles amours ;
Et c'est pour m'insulter, que l'ingrat est siricere !

Ah ! quel affront pour ma fierté !
C'est donc un Inconstant qui regne sur mon ame ?
J'attendois l'aveu de sa flâme,
Et je reçois celui de sa legereté !
Ah ! quel affront pour ma fierté !
C'est donc un Inconstant qui regne sur mon ame ?

SCENE V.

SCENE V.

FATIME *paroiſſant Sélina*, ALI.

FATIME *paroiſſant Sélina à part.*

JE vois le Confident de l'objet de mes vœux,
De ce cruel qui m'abandonne !
Dérobons-lui mon trouble affreux.
elle ſort.

ALI.

ne la voyant plus.

Charmante Sélina.... Que ſa fuite m'étonne !

SCENE VI.

ALI *seul.*

PEndant les jeux de nos Chaſſeurs,
Elle a permis tantôt l'eſpoir à ma tendreſſe. . . .
D'où lui vient à preſent cette ſombre triſteſſe ?
Qu'ai-je fait qui me doive attirer ſes rigueurs ?

Quel caprice conduit les Belles ?
Rien ne peut fixer leurs deſirs ;
Et les Ondes & les Zéphirs
Sont cent fois moins volages qu'elles.
Pour leur cœur il n'eſt point de nœuds
Qui nous aſſurent leur conſtance,
Et quelquefois l'indifference
Succede à leurs plus tendres feux.

Quel caprice conduit les Belles ?
Rien ne peut fixer leurs déſirs ;
Et les Ondes & les Zéphirs
Sont cent fois moins volages qu'elles.

SCENE VII.

ALI, SELINA.

ALI *à part.*

ELle revient : elle a seché ses pleurs !

SELINA *tres-gayement.*

Que toujours les plaisirs triomphent dans nos cœurs.

ALI.

Se peut-il qu'un instant appaise vos allarmes,
Et mêle dans vos yeux les ris avec les larmes !

SELINA.

à part

Quelle est donc votre erreur ? .... Ah ! je m'en ap-
perçoi !
Il a trouvé Fatime & l'a prise pour moi.
haut à Ali.

Le chagrin qui troubloit mon ame,
N'étoit pas causé par ma flâme.

Non, je n'aime pas les amours
Qu'accompagne toujours
La plaintive tristesse.
Ah ! pour un cœur qui voit mépriser sa tendresse

Les soupirs sont un vain secours!
Est-ce à pleurer qu'on doit employer ses beaux jours?
Les ris sont faits pour la jeunesse :
Non, je n'aime pas les amours
Qu'accompagne toujours
La plaintive tristesse.

ALI & SELINA.

Les Ris sont faits pour la jeunesse;
Non, je n'aime pas les Amours
Qu'accompagne toujours
La plaintive tristesse.

ALI.

à part:

Eclaircissons le sort d'un ami malheureux,
Tâchons de découvrir ce qui combat ses vœux.
haut à Sélina.
Puisque vous permettés que pour vous je soupire,
Aprenés-moi du moins le nom de cet Empire
Qui surprend nos regards par cent nouveaux objets.

SELINA.

Ce secret dépend de la Reine,
Mais jugés du pouvoir de notre Souveraine
Par le pouvoir de ses Sujets.

SCENE VIII.

SELINA PERI, ALI, *Bergers*, *Bergeres*
& Pastres de l'Europe.

MARCHE.

CHOEUR *des Bergers.*

CHantons, aimons dans ces belles retraites;
Que les Echos repetent tour à tour
Nos soupirs & nos chansonnettes;
Chantons, aimons dans ces belles retraites;
Nous devons à l'Amour
Nos cœurs & nos musettes.

On danse.

UNE BERGERE.

Dans nos hameaux, sur nos rivages
Pour aimer tous les cœurs sont faits,
Et dans nos paisibles bocages,
Jamais l'Amour ne perd de traits.
Les plaisirs d'une ardeur nouvelle
Pour nos Bergers n'ont point d'appas,
Et nos Echos ne sçavent pas
Les noms d'ingrat & d'infidelle.

On danse.

UNE BERGERE ; *menuet.*

Dans nos Bois
Le cœur seul a des droits ;
Le cœur seul fait nos choix
Et nos Bergers n'entendent que sa voix.
Aussi promts que les Zéphirs
Au gré de nos désirs ,
Nous voyons voler les plus charmans plaisirs,
Les Amours font les loix
De nos bocages,
Et sous nos ombrages
Les Jeux font nos emplois.

Fin du troisiéme Acte.

ACTE IV.

Le Théâtre represente l'Isle de l'Inconstance.

SCENE PREMIERE.

LA REINE DES PERIS, SELINA PERI.

SELINA.

PAR votre ordre conduits dans cette Isle volage
Le Prince & le Sultan parcourent le rivage

LA REINE

Un charme sur ces bords, des constantes amours
Brise la chaîne la plus belle ;
Quand de ces lieux on peut sortir fidele,
C'est pour l'être toujours.

Volés

Volés favorable Inconstance

Qui regnés sur ces bords charmans,

Vous êtes le secours des malheureux Amans,

Faites briller votre puissance:

De mes soins empressés je n'espere plus rien,

Triomphés, c'est vous que j'implore,

Changés le cœur de l'objet que j'adore,

Vous ne pourriés changer le mien.

Volés favorable, &c.

Ici le cœur apprend à ne se point géner.....

Ici tout montre à fuir un trop long esclavage,

S E L I N A.

Vous auriez pû ne condamner

Que votre Amant à ce voyage;

Le mien tombe à chaque moment

Dans une erreur qui m'interesse.

Depuis que sous mes traits vous cachez la Princesse,

Mon cœur ne gagne pas à ce déguisement....

L A R E I N E.

Pardonne-moi cet artifice

D'un Ingrat il fait le supplice,

appercevant Nouredin.

D'un Ingrat... Mais, c'est lui,

Il faut que je l'évite;

L'Inconstance pour moi doit parler aujourd'hui,

Je paroîtrai moi-même aux Jeux qu'elle médite.

S E L I N A.

Puisse l'objet que j'aime y trouver de l'ennui.

F

SCENE II.

NOUREDIN, ALI.

NOUREDIN.

Dans ce nouveau séjour d'où vient qu'on nous
  amene ?

ALI.

On cherche incessamment à flater vos désirs.

NOUREDIN.

Plus je vois sur mes pas redoubler les plaisirs ,
Plus je sens redoubler ma peine.
Ne pourrai-je jamais sçavoir dans quels climats
Nous retient un pouvoir que je ne connois pas ?

ALI.

Contraignez-vous toujours.

NOUREDIN.

Que ma contrainte est vaine !
Ici tout me surprend , tout m'embarasse , hélas !
La Confidente de la Reine ,
Loin de me vanter ses appas ,
Paroît apprehender de me voir dans sa chaîne....

A L I.

Quoi ! Sélina trahit la Reine & mon ardeur !

NOUREDIN.

Lorsque pour lui cacher le beau feu qui m'anime ,
Je lui proteste que mon cœur
N'est plus enflâmé pour Fatime ,
Je vois dans ses regards une triste langueur,
Elle soupire , elle répand des larmes.….

A L I.

Puisque vous êtes seul témoin de ses allarmes ,
C'est vous qui causés sa douleur.….
Je croyois être aimé.…. Tout flatoit mon erreur.…

SCENE III.

NOUREDIN, ALI, SELINA PERI.

ALI *à Sélina.*

JE suis trop éclairci de votre ardeur nouvelle,
Perfide ! vous riés de mes transports jaloux !
Est-ce là tout le prix de ma flâme fidelle ?
Vous trompés donc un cœur qui n'adore que vous ?

SELINA *à part.*

Que Fatime aujourd'hui tourmente ce que j'aime !
Mais je vais le calmer : la Reine le permet :
　　Son amour enfin me commet
Pour apprendre au Sultan quel est son rang suprême.

ALI *à Sélina.*

Que ce cruel silence insulte mon amour !
Vous ne répondés rien lorsque je vous accuse...
Hélas ! peut-être, hélas ! la plus legere excuse
Pour calmer mon dépit suffiroit en ce jour !
Que ce cruel silence insulte mon amour !

SELINA.

Quelquefois on paroît volage
Lorfque l'on aime conftamment ;
Doit-on croire facilement
Un foupçon qui devient outrage
Quand il accufe injuftement ?
Quelquefois on paroît volage
Lorfque l'on aime conftamment.

à Nouredin.

Et vous, Prince, fortés de cette réverie :
De la Princeffe de Syrie
Oubliés enfin les attraits :
Sur des bords inconnus & loin de fa Patrie
Le Sort l'exile pour jamais.....

NOUREDIN *avec empreffement.*

Quoi ! Fatime joüit encore
De la clarté des Cieux !
Quel bonheur ! dans quels lieux....

SELINA.

Eh ! quel foin vous dévore ?
Songés plutôt à feindre mieux.

NOUREDIN *embaraffé.*

Je n'aime plus Fatime, & j'ai fçu vous le dire...

SELINA.

Vous n'avés pas fçu le prouver ;
Mais apprenés à quel augufte Empire
L'Amour prétend vous élever.

Apprenés, mérités l'excès de votre gloire,
Vous allés en être furpris :
La Reine des Péris
Vous cede la Victoire.

NOUREDIN *à part*.

Ah ! fon pouvoir comblera mon malheur !
Je ne reverrai plus l'objet de mon ardeur.

ALI *à Sélina*.

Que je fuis criminel !

SELINA.

Jamais l'Amour n'offenfe.

On entend un prélude tres gay.

Mais j'entends les Amans foumis à l'Inconftance.
à Nouredin.
En faveur de la Reine apprenés leurs leçons :
à Ali.
Vous de les écouter, Prince, je vous difpenfe ;
Tout parle dans leurs chanfons
Contre la perfévérance....

ALI.

Vos beaux yeux prendront fa défenfe.

SCENE IV.

LA REINE DES PERIS, SELINA
PERI, NOUREDIN, ALI,
L'INCONSTANCE, *Inconstans de
differentes Nations : la Reine arrive avant le
divertissement ; Ali se place auprès de Selina,
& n'est point attentif à la Feste ; Nouredin se
promene reveur & distrait & se retire quand
l'Inconstance paroit.*

LA REINE *à part.*

MOn destin me reduit au bizare malheur
D'implorer l'Inconstance avec un tendre
cœur !

MARCHE *des Inconstans.*

CHOEUR *des Inconstans.*

Ne suivons pas long-tems les plus charmans Vain-
queurs,
De la fidelité fuyons les loix severes :
Que les chaînes les plus legeres
Ne contraignent jamais nos cœurs.

LA REINE.

De l'aimable Inconſtance Amans ſuivés les loix.
Pourquoi, ſi la beauté la moins digne de plaire
    Paroît à vos yeux la premiere
Votre cœur ſera-t'il eſclave de ſon choix ?
    Ah ! que la Raiſon vous éclaire.

    Amans paſſés bien vos beaux jours :
    Que le Plaiſir ſeul vous engage :
    Pour modele dans vos amours
    Suivés le Zephire volage.

Lorſque tout eſt ſoumis au pouvoir fortuné
    De l'aimable Inconſtance,
Notre cœur malheureux eſt-il ſeul condamné
    A la perſévérance ?

    Amans paſſés, &c.

    Le Ciel qui fit nos libertés
Ne leur impoſe pas une chaîne importune.
Voudroit-il à nos yeux offrir mille beautés
    S'il ne falloit en aimer qu'une ?

    Amans paſſés, &c.

L'Inconſtance ſort de la Mer aſſiſe dans un Char galand, ſurmonté d'un Pavillon leger ſoutenu par des Zephirs. Elle danſe & marque ſon caractere, tant par la varieté de ſes pas, que par celle des Danſeurs de differentes Nations qu'elle choiſit alternativement.

Fin du quatriéme Acte.

ACTE V.

ACTE V.

Le Théâtre repréſente une Solitude affreuſe, ſemée de Rochers arides, arroſés par des Torrens.

SCENE PREMIERE.

NOUREDIN ſeul.

EINE, en vain tes appas ſécondent ta puiſ-
ſance,
Je ne puis de Fatime oublier les attraits,
Et du ſéjour de l'Inconſtance
Je ſors plus tendre que jamais.

G

Torrens, triftes témoins des peines que j'endure,
Précipités vos flots fur ces Rochers affreux ;
Que votre funefte murmure
Réponde aux cris d'un Amant malheureux,
Rivages dépoüillés de fleurs & de verdure
Voyés finir mon deftin rigoureux ;
La mort ne peut trahir mes vœux
Dans un Défert où femble expirer la Nature.
Torrens, triftes témoins des peines que j'endure,
Précipités vos flots fur ces Rochers affreux ;
Que votre funefte murmure
Réponde aux cris d'un Amant malheureux.

appercevant Fatime paroiffant Sélina.

Mais Sélina paroît !

SCENE II.

NOUREDIN, FATIME *paroiſſant Selina.*

FATIME *paroiſſant Sélina arrête Nouredin qui veut s'éloigner.*

ME fuirez-vous ſans ceſſe ?
Cruel ! vous me devez toute votre tendreſſe ! ....
Que dis-je ? quel tranſport éclate malgré moi !
Que ce tranſport te rend coupable !
Perfide, voi
La douleur qui m'accable. ....

NOUREDIN.

Par des diſcours embaraſſans
Voulez-vous toujours me confondre ?
Le deſeſpoir que je reſſens,
Ne me permet pas d'y répondre.

FATIME *paroiſſant Sélina.*

Quoi ! vous aimez la Reine, & vous pouvez ſouffrir !

NOUREDIN.

Non, ne le croyez pas, non, je ne veux plus feindre.
Non, mon ſenſible cœur ne veut plus ſe contraindre.
Et je ſuis libre enfin, puiſque je vais mourir.

G ij

FATIME *paroissant Sélina.*

Quel est donc ce transport? parlés-vous sans mystere?

NOUREDIN.

L'Amour malheureux est sincere.

FATIME *paroissant Sélina.*

Vous n'aimez pas la Reine! est-il bien vrai, Seigneur?

NOUREDIN.

Quand j'ai vû ses attraits, j'avois donné mon cœur.

J'ai feint de soupirer pour elle,
Pour obtenir ma liberté :
Mais je n'en aurois profité
Que pour fuir les honneurs où son amour m'appelle.
Je n'ai qu'un seul instant à vos yeux supporté
Une contrainte si cruelle!
Ah ! qu'il m'en a coûté
Pour paroître infidele !
Fatime est l'unique Beauté
Qu'adore mon cœur enchanté.

FATIME *paroissant Sélina.*

Quoi Fatime....

NOUREDIN.

Je vais mourir sans voir ses charmes,
Elle ne sçaura point qu'ils causent mon trépas...

FATIME *paroissant Sélina.*

Quoi ! Fatime est l'objet de vos tendres allarmes,
Et vos regards ici ne la retrouvent pas !

NOUREDIN *regardant de tous côtés avec empressement.*
Non, je n'apperçois point cette beauté charmante
Si je la revoyois, un seul moment, helas !
Je serois trop payé du mal qui me tourmente.

FATIME *paroissant Sélina.*

Ne suis-je plus Fatime ? Eh ! quel enchantement
    Vous abuse dans ce moment !

NOUREDIN.

Vous Fatime ! vous ma Princesse !
Vous cet objet divin si cher à ma tendresse !
    Hélas ! j'apperçois seulement
    La Confidente de la Reine....

FATIME *paroissant Sélina.*

Ciel ! que me dites-vous ! quelle apparence vaine..

NOUREDIN.

    Qu'entends-je, & que vois-je en ce jour
Quoi ! vous seriez Fatime ! eh ! quoi... Mais ce sé-
   jour
N'est-il pas une Empire en prodiges fertile ?
Ah ! mon cœur est enfin éclairé par l'Amour.
    La Reine à qui tout est facile,

G iij

Vous déguise à mes yeux, & ma funeste erreur
Ne peut être qu'un trait de sa jalouse ardeur.

FATIME *paroiſſant Sélina.*

Quelle est cette Reine fatale
De qui vous m'annoncés le pouvoir dangereux ?

NOUREDIN.

La Reine des Pêris….

FATIME *paroiſſant Sélina.*

O terrible Rivale !

NOUREDIN.

Quel destin favorable & contraire à mes vœux
Vous rend & vous cache à mes feux ?

SCENE III.

NOUREDIN, FATIME *paroiſſant Selina*, *Dives. Une nuit ſubite ſe repand dans es airs, le Tonnerre gronde & les éclairs brillent.*

FATIME *paroiſſant Sélina.*

Apprenés nos malheurs. . . . Mais quel nuage avance ?
Quelle affreuſe tempête annoncent les éclairs ?

CHOEUR *des Dives qu'on ne voit point.*

D'un amour outragé ſecondons la vangeance ;
Epouvantons la Terre & ſoulevons les Mers.

NOUREDIN.

Cet orage eſt l'effet du courroux de la Reine.

NOUREDIN & FATIME *paroiſſant Sélina.*

C'eſt pour vous que je crains ſa haine.

On voit paroître les Dives ſur des nuages qui traverſent les airs.

FATIME *paroiſſant Sélina.*

Je tremble ! je fremis ! ô Ciel ! de toures parts
Les Dives irrités s'offrent à mes regards !
Ils ſervent le Genie & vangent ſa tendreſſe. . .

NOUREDIN.

Eh ! quels nouveaux malheurs dois-je encore éprouver ?

FATIME *paroiſſant Sélina.*

Cher Prince, ſauvés-vous, fuyés....

NOUREDIN.

Non, ma Princeſſe,
Vous fuir, ce n'eſt pas me ſauver.

*Les Dives deſcendent des nuages & ſe diſpoſent pour enlever
Fatime; Nouredin s'efforce de les arrêter.*

Barbares, arrêtés....

CHOEUR *des Dives.*

Arrêtés témeraire.

NOUREDIN *les retenant encore.*

Non, vous pouſſés trop loin les rigueurs de mon ſort.

CHOEUR *des Dives.*

Craignés notre colere:

NOUREDIN.

Je ne crains pas la mort.

SCENE IV,

SCENE IV.

NOUREDIN, FATIME *paroiſſant Selina,*
Dives, Peris avec des Urnes d'or où brulent des
parfums précieux. Les Dives s'enfuyent à
l'approche des Peris.

CHOEUR des Péris.

PArfums délicieux, votre odeur triomphante
Chaſſe nos ennemis & ſoumet leurs fureurs ;
Exhalés, répandés votre vertu charmante,
De deux tendres Amans banniſſés les terreurs.

UNE PERI.

Qu'un ſuperbe Palais dans ce déſert ſauvage
Soit l'azile de ces Amans.
De ces Rochers affreux qu'il eſtace l'image,
Avec celle de leur tourmens.

Le Déſert diſparoît & cede ſon Terrain à un Palais magni-
fique, bâti & orné dans le goût des édifices du Japon,
qui occupe le fond du Théâtre.

H

SCENE V.

NOUREDIN, FATIME *paroiſſant Selina,*
Peris, la Reine des Peris.

NOUREDIN *ſans voir la Reine.*

Qui peut nous envoyer ce ſecours ſalutaire ?

LA REINE.
C'eſt à moi que vous le devez.

NOUREDIN & FATIME *paroiſſant Sélina.*

Quoi ! c'eſt vous qui me conſervés
Le ſeul objet qui peut me plaire !

LA REINE à NOUREDIN.
Tandis que le Deſtin vous raſſembloit tous deux
Malgré mes ſoins & ma prudence ;
Tandis qu'avec dépit ma juſte défiance
Ecoutoit en ſecret vos plaintes & vos vœux,
Un Genie amoureux
à Nouredin.
A voulu vous ravir Fatime ;
Toujours prête à ſervir la vertu qu'on opprime
J'ai d'abord oublié l'intêret de mes feux,
J'ai de votre ennemi dompté la violence.....

Reine, quelle reconnoiſſance. . . . .

LA REINE.

Vous me devés encore un triomphe plus doux ;
Mon amour balançoit ma raiſon & ma gloire,
J'ai caché mes combats, je parois devant vous
    Dans le moment de ma victoire.

NOUREDIN.

Ah ! daignés achever un bonheur ſi charmant,
Ah ! . . . .

LA REINE.

    J'entends vos deſirs, je romps l'enchantement
Qui déroboit Fatime au feu qui vous dévore.

La Reine touche Fatime avec ſa baguette & lui ôte la reſſem-
blance de Sélina.

NOUREDIN *reconnoiſſant Fatime deſenchantée.*

Je reconnois enfin la beauté que j'adore !
Je revois ſes appas. . . . Quel fortuné moment !

SCENE VI.

LA REINE, NOUREDIN, FATIME,
SELINA, ALI, PERIS.

ALI *à Nouredin.*

QUe vois-je ? c'eſt votre Princeſſe ?

LA REINE *à Ali.*

L'Hymen la doit bientôt livrer à ſa tendreſſe.
Aprenés à la fois
Son bonheur & le vôtre :
Prince, dédirés-vous mon choix ?

lui montrant Sélina.

Je veux auſſi vous unir l'un & l'autre.

ALI.

Reine, qu'avec plaiſir mon cœur ſuivra vos loix !

LA REINE *à Sélina.*

Conduiſés la Princeſſe au ſein de ſa Patrie,
Portés au Sultan de Syrie
Mes ordres reſpectés des Rois.

Vous qui dans ce Palais révérez mon Empire,
Sortez & partagez le tranſport qui m'inſpire,
Pour chanter leur bonheur, réüniſſez vos voix.

SCENE VII.

LA REINE, SELINA, FATIME, NOUREDIN, ALI, *Peris, Arabes & Chinois; les Arabes & les Chinois sortent du Palais en joüant des Instruments orientaux.*

LA REINE.

Chantez, celebrez la victoire
Que la Raison cede à l'Amour.
De ces Amans, dans ce beau jour
Les Plaisirs augmentent ma gloire.
Chantez, celebrez la victoire
Que la Raison cede à l'Amour.

On danse.

UN GENIE.

Le Gioie d'amore
Fan lieto Ogni Core:
In tenero affetto
Gradito diletto
Puo l'alma trouar.

Tu sol Gelosia
Sei cruda, sei via
Se puo la sembianza
Di falsa incostanza
La pace turbar.

Traduction de l'Air Italien.

Des douceurs de l'amour on ne peut se défendre.
Elles enchantent nos desirs :
Dans ses sentimens tout cœur tendre
Doit trouver des plaisirs.
Vous seuls, Transports jaloux, Enfans de l'aparence,
Vous nous percés des plus funestes traits
Lorsqu'une fausse Inconstance
De nos feux trouble la paix.

A la fin du Divertissement, il paroît un Char dans le goût
de la Chine, où se mettent les quatre Amans qui
partent pour la Syrie.

CHOEUR.

Char brillant, volés dans les airs,
Vous portés des Amans, & les Amours vous guident :
Que toujours les Jeux président
A vos voyages divers.

Fin du cinquiéme Acte.

J'Ai lû par l'ordre de Monseigneur le Garde des Sceaux,
la Reine des Péris, Comedie Persane, & j'ai crû que le Public
en verroit l'impression avec plaisir. A Paris le 15. Mars 1725.

MASSI.

A PARIS, De l'Imprimerie de J. B. Lamesl, ruë des Noyers, à la Minerve. 1725

www.ingramcontent.com/pod-product-compliance
Lightning Source LLC
LaVergne TN
LVHW022313170726
843503LV00006B/2470